V. 2681. porté

6

25320

LETTRE

À

M. GRIMM,

*Au sujet des Remarques ajoutées
à sa Lettre sur Omphale.*

Picas quis docuit verba noftra conari ?

M DCC LII.

LETTRE

A

M. GRIMM,

Au sujet des Remarques ajoutées à sa Lettre sur OMPHALE.

JE vous félicite, Monsieur, de votre nouvelle gloire. Vous voilà en possession d'un honneur qu'Homere & Platon n'ont eu que longtems après leur mort, & dont Boileau seul avoit joui de son vivant parmi nous : Vous avez un Commentateur. Les remarques sur votre lettre n'ont pas, il est vrai, le titre de Commentaires ; mais vous sçavez que les Commentateurs suppriment les choses essentielles, & étendent celles qui n'en

A

ont pas befoin ; qu'ils ont la fureur d'interpréter tout ce qui eft clair ; que leurs explications font toujours plus obfcures que le texte, & qu'il n'y a forte de chofes qu'ils n'apperçoivent dans leur Auteur, excepté les graces & la fineffe.

Or les remarques ne difent pas un mot d'Omphale, qui eft le fujet de votre lettre: En revanche, elles s'étendent fort au long fur vos digreffions un peu longues. Vous avez parlé du Récitatif, & les remarques en font un fermon dont vos paroles font le texte. Le Récitatif françois eft lent ; *premier point.* Le Récitatif françois eft monotone ; *fecond point.* On a foin de fuppléer à la définition qu'on prétend que vous deviez donner du Récitatif Italien. Après cela on définit le *Récitatif ou la Mélopée* des anciens. On définira bientôt l'Ariette ; & que ne définit-on point?

Grand Commentaire fur ce que vous voudriez défendre à certaines gens d'écouter la Mufique des Pergolefi, des Buranelli, des Adolfati ; lequel Commentaire prouve très-méthodiquement que vous avez raifon de dire qu'on ne doit rien conclure contre le Récitatif Italien, de ce qu'il n'eft pas écouté à l'Opera.

Autre grand Commentaire sur l'Ariette, inventée à Bologne par le fameux Bernachi, mais mise en usage par d'autres, attendu que le fameux Bernachi n'étoit point Compositeur, mais Chanteur célebre.

Second Commentaire sur l'art d'écouter, que le Commentateur prend pour l'art d'ouvrir les oreilles. Sur quoi il se plaint très-spirituellement de ce qu'on néglige l'art de comprendre.

Commentaire sur ce que vous avez dit de l'abus du geste : mais ici le Commentateur prend la liberté de n'être pas de votre avis, parce que le geste est essentiel à la Musique de Lully.

Item, grand Commentaire sur votre sensibilité pour les beaux arts & pour les talens en tout genre. Vous avez élevé un Temple au Dieu du goût & des talens. Il faut en croire le Commentateur quand il nous déclare que vos Dieux ne sont point les siens. En le disant il l'a prouvé, & il peut être bien sûr qu'on ne le soupçonnera jamais de cette idolâtrie.

Passons à la clarté des interprétations : Le Commentateur, qui a la charité de suppléer aux définitions qu'il assure que vous avez eu tort d'omettre, vous dicte celle-ci pour le Récitatif Italien. *Le Récitatif Italien ferme dans sa marche, donne à chaque sentiment le tems à l'Orcheftre de lui faciliter ses transitions de tons, & par ce moyen évite les cadences finales, & ne connoît de repos qu'à la fin du récit. L'Orcheftre n'obscurcit point la déclamation de l'Acteur par un tas d'accords, mais à chaques différentes expreffions il lui confirme le même fentiment par une nouvelle façon de l'exprimer. Voilà ce qui le rend fusceptible de variété.* Pour vous dire franchement mon avis fur une définition fi claire, je penfe que l'Auteur aura entendu par hazard quelque Récitatif Italien, coupé de ritournelles & de traits de fymphonie, & il aura bonnement pris cela pour le caractere général du Récitatif; ce qu'il y a de bien afuré dans tout ceci, c'eft que l'Auteur de cette définition, quel qu'il foit, n'a jamais fçu la Mufique.

Mais une autre définition qu'il faut entendre par curiofité, c'eft celle de l'Ariette. Je vais la transcrire bien exactement. *Le fameux Bernachi a placé le mineur entre deux majeurs, & a fait répéter le premier & principal motif de chant par differen-*

tes tranſitione de tons, afin que l'oreille ſai-
ſiſſe mieux par cette répétition le caractere des
penſées de la Muſique. Vous riez : patience,
vous n'êtes pas au bout ; il faut encore,
s'il vous plaît, eſſuyer la note. *Ce que j'ai
dit mineur, n'eſt ſouvent que corrélation de
ton. C'eſt à l'habileté du compoſiteur de cher-
cher la corrélation relative au ſujet, & qui
entre le mieux dans le majeur. Le mineur ou
corrélation change toujours de mouvement :
c'eſt-à-dire que ſi le majeur eſt C. le mineur
ſera $\frac{3}{4}$ lent, & reprend le majeur C ; c'eſt ce
qui fait l'ombre au tableau.* Ne faiſons point
l'injure à l'Auteur de croire qu'il ait tiré
tout ce galimatias de ſa tête. Je penſe en-
trevoir encore ici la vérité. Ces paſſages
auront été tranſcrits de quelque vieux livre Italien, & traduits tant bien que mal
par quelqu'un qui n'entendoit rien du tout
à la Muſique, & pas grand choſe à l'Italien.

Je conſens à vous faire grace de la ſuite
à condition que vous conviendrez que les
remarques ſont de vrais Commentaires.
Jamais les *Lexicocraſſus* & tous les ſça-
vans en *us* n'en eurent le caractere mieux
marqué. Ainſi je ſuppoſe la preuve faite.

J'ignore parfaitement qui eſt le Commentateur, mais je ne le crois point mal avec vous : car, felon moi, ce n'eft pas fans quelque fineffe à fa maniere qu'il af-fecte de relever tant de jolis endroits de votre lettre. C'eft une efpece de Compère qui répéte les fentences de Polichinelle, & qui ne feint de s'en mocquer que pour les faire mieux entendre aux Spectateurs. Je fçais bien que vous n'avez pas l'air de Polichinelle ; mais pour le Compère, je vous le dis encore, je le foupçonne d'être de vos amis.

Permettez donc que je m'adreffe à vous pour lui faire paffer quelques avis dont je m'imagine qu'il doit faire ufage avant que d'inférer fon Commentaire dans votre lettre. Comme je pourrois bien, par con-tagion, m'appéfantir un peu fur les remar-ques pour éviter du moins la monotonie ; je donnerai différens noms à leur Auteur. Quand il prendra la peine d'expliquer au long pourquoi il vous fait l'honneur d'être de votre avis, je l'appellerai *le Commenta-teur.* Quand il fera femblant de vous réfu-ter, ce fera *le Compère,* & ce fera *le Critique* toutes les fois qu'il aura raifon ; mais je ferai contraint d'être un peu fobre fur l'ufage de ce dernier nom.

Qu'un Commentateur soit obscur, dif-
fus, languissant, c'est le droit du métier ;
mais il y a pourtant un certain point qu'il
ne doit pas excéder. On ne sçauroit per-
mettre à Matanasius même de citer à
propos de l'Ariette, & Mainard qui s'ap-
perçut le premier que le troisiéme vers de-
voit avoir un sens fini ou repos dans la
stance; & la Sophonisbe du Trissino, mo-
déle des trois unités ; & Maigret qui le
premier introduisit cette régle des trois
unités dans la Tragédie, & qui par consé-
quent en instruisit Sophocle, Euripide &
Seneque ; & le fameux Bernachi dont ni
vous, ni moi, ni bien d'autres n'avons
entendu parler; ce qui ne doit pourtant pas
vous surprendre; il y a comme cela tant de
ces gens fameux que personne ne connoît,
& qui passent leur vie à se célébrer les uns
les autres, sans se faire connoître davan-
tage. Quoiqu'il en soit, voilà les raisons
claires pourquoi l'Ariette Italienne n'est
point réduite à folâtrer éternellement
comme la Françoise autour d'un *lance*,
vole, *chaîne*, *ramage* ; raisons que le Compère vous reproche de n'avoir pas dites,
& qu'il a la bonté de dire à votre place.

Le Compère prétend que parce que le

genre bouffon eſt connu en Italie, il n'eſt pas vrai que M. Rameau en ſoit le créateur en France : cela eſt extrêmement plaiſant. Car s'il n'eût point exiſté de genre bouffon en Italie, il eût été fort ridicule de dire que M. Rameau en avoit créé un *en France*. Je n'examine point ſi le genre bouffon exiſte réellement dans la Muſique Françoiſe. Ce que je ſais très-bien, c'eſt qu'il doit néceſſairement être autre que le genre bouffon de la Muſique Italienne ; une oye graſſe ne vole point comme une hirondelle. A l'égard de la Muſique de Platée, que le Critique vous reproche d'avoir traitée de ſublime, appellez-la divine, s'il l'aime mieux, mais ne vous repentez jamais de l'avoir regardée comme le chef d'œuvre de M. Rameau, & le plus excellent morceau de Muſique, qui juſqu'ici ait été entendu ſur notre Théâtre. Il faudra, je l'avoue, vous paſſer de l'approbation de tous ceux qui n'ont point d'autre moyen pour apprécier un ouvrage, que de compter les voix qui l'ont applaudi. Mais vous n'en êtes pas à prendre votre parti ſur cela.

Je voudrois demander à ce grand homme, qui prend la peine d'aſſigner les bor-

nes du sublime, quelle épithete il donne-
roit à la premiere scéne du Tartuffe, sur-
tout aux deux derniers vers , *Allons ,*
gaupe , marchons , &c. & à ces autres vers
de la même piéce.

C'en est fait ; je renonce à tous les gens de bien , &c.

Priez-le de vouloir décider si c'est-là du
sublime ou non. On lui en pourroit demander autant de la Musique de la *Serva*
padrona ; mais il n'en a peut-être jamais
entendu parler.

Le Compere , qui prend la liberté de
vous dire qu'Adolfati est mal placé dans
votre citation de Pergolese & de Buranel-
lo , trouvera bon que nous prenions la liberté de lui demander des raisons ou du
moins des raisonnémens , à lui qui ne veut
passer aux autres que des propositions dé-
montrées. Il peut n'avoir aucune connois-
sance des chef-d'œuvres de cet Auteur :
mais l'ignorance n'excuse point un homme d'avoir mal dit , elle l'oblige seulement à se taire ; sur-tout quand il est que-
stion de condamner publiquement un Auteur vivant dont la carriere n'est que com-
mencée. Il est vrai que cet Adolfati , qui

n'a pas l'honneur d'agréer au Compére, méprife très-cordialement les Muficiens François, mais il faut un peu le lui pardonner ; le pauvre diable a paffé par le bec de l'oye.

Il falloit abfolument fubftituer Haffe à la place d'Adolfati, & cela par quatre raifons fans replique. L'une , que Haffe eft votre compatriote ; l'autre , qu'à l'âge de 48 ans il avoit fait 54 Opéra ; la troifiéme, qu'il eft le feul étranger dont les Italiens exécutent la Mufique.

O le méchant Boileau de n'avoir pas encenfé Monfieur de Scuderi , Monfieur le Gouverneur de Nôtre-Dame de la Garde , qui étoit fon Compatriote & fon Contemporain , qui faifoit tant de livres , & qui enchantoit tant d'honnêtes Lecteurs ! Et ce coupable Philofophe, qui a ofé admirer fes Compatriotes, n'auroit-il point par malheur oublié le Compere ? Auffi , n'a-t'il pas l'honneur d'être fon Philofophe, mais le vôtre ; & je me ferois bien douté que vous n'aviez pas tous deux les mêmes Philofophes non plus que les mêmes Dieux. Haffe eft le feul Etranger dont les Italiens adoptent la Mufique? Le Compere, en citant Terradeglias, a donc oublié qu'il est Espagnol ? Hasse est admiré par les Italiens ? Les Italiens admirent bien l'Arioste. *

Et la quatriéme raison ? demandera le Compere. Il sera bien fâché de l'avoir oubliée. C'est que votre nom commençant par un G, & ceux de Hasse & de Hendel par une H, la proximité des lettres initiales étoit pour vous une nouvelle obligation de nommer ces deux Auteurs. Je vous demande pardon d'avoir fourni cette arme contre vous ; mais, à l'imitation du Commentateur, je me réserve aussi le droit d'être quelquefois Compere.

Le Commentateur s'étend sur l'éloge de Pagin & de son illustre Maître, & nous y applaudissons vous & moi de très-bon cœur. Il voudroit que vous eussiez dit jusqu'à quel point la Nation ingrate envers un talent si sublime, a osé l'humilier pu-

---

* Je ne prétens point dire ici du mal de Hasse, qui réellement a beaucoup de mérite, de talent & une fécondité prodigieuse, quoique très-éloigné, selon moi, d'être l'égal de Pergolese. J'examine seulement les raisons sur lesquelles le Compere s'ingere de prescrire à M. Grimm les Auteurs qu'il doit nommer, & ceux qu'il doit rejetter. Lequel des deux est le plus repréhensible ; celui qui ne dit rien de Hasse, ou celui qui parle mal d'Adolfati ?

bliquement. Il falloit dire, *s'humilier publiquement*. Midas n'humilia point Apollon, & un Cygne peut être hué par des Oyes fans en être humilié.

Je veux être équitable, Monfieur, & je ne fuis pas moins prêt à donner à l'Auteur des remarques les éloges qui lui font dûs, qu'à lui propofer mes doutes. Par exemple, vous avez dit que le goût des Arts étoit général en France, & il l'eft beaucoup trop affurément. L'imbécile multitude des prétendus connoiffeurs fans lumieres engendre l'avide & méprifable multitude des Artiftes fans talens, & le génie demeure étouffé dans la foule des fots. Vous avez dit encore qu'en fait de goût la Cour donne à la Nation des modes, & les Philofophes des loix. Le Compere vous répond à cela par les Magots de la Chine, les vafes *de fragile porcelaine*, les papiers des Indes, les eftampes enluminées. Voilà, felon lui, les loix données par les Philofophes; quant aux modes que nous tenons de la Cour, il n'en parle point. Vous dites que les Philofophes donnent infenfiblement du goût aux Peuples, c'eft-à-dire du difcernement pour les grands talens, & de l'admiration pour ceux qui les pof sédent. Le Compere vous répond que la Philosophie n'inspire pas les talens, & vous avertit gravement de ne pas confondre le goût avec la sécheresse du calcul. Ma foi, je le dis de très-bon cœur, le Compere me paroît un homme admirable.

Laissez dire le Compere ; ne doutez pas qu'en effet nous ne soyons redevables aux Philosophes de ces lumieres agréables qui commencent à nous éclairer, & croyez que si la Philosophie ne fait pas les grands Artistes, l'argent les fait encore moins. Heureuse l'Italie, dont les Habitans ont reçu de la nature ce goût exquis qui les rend sensibles aux charmes des beaux Arts ! Plus heureuse la France d'acquérir ce même goût à force d'études & de connoissances, & de devoir à l'art de penser l'art plus précieux de sentir ! La Philosophie, je le sçai, n'engendre point le génie, mais si elle apprend aux nations à le connoître & à l'aimer, c'est lui donner un nouvel être non moins rare & non moins utile que celui qu'il tient de la nature.

Il assure qu'il n'y a point en Europe de nation plus attentive au Spectacle que la Françoise, & il convient que Paris est la feule ville où l'on foit contraint de pofer des Gardes dans les Spectacles pour contenir la criaillerie des juges de Corneille, de Racine & de Quinault. Il dit dans un endroit, *que la Mufique n'a point reçu de nos jours d'augmentation en France du côté du goût*, & dans un autre, *que M. Rameau nous a enrichis de fon propre goût.* Ce font des rafinemens de l'art, Monfieur, que ces contradictions-là; c'eft un moyen fûr de ne pas manquer la vérité dans les chofes dont on veut raifonner fans y rien entendre.

Vous avez fini votre lettre par un trait de la plus grande beauté, & vous ne devez pas douter que celui qu'il regarde n'en ait fenti la force & le vrai; c'eft à ces hommes-là, quand ils font des hommes, qu'il appartient d'apprécier le fublime. N'oubliez pas, je vous prie, à ce fujet, un petit remerciement au Compere: car dans cet endroit il s'eft furpaffé lui-même.

C'eft encore par un trait d'habileté, qui mérite quelque compliment, que le Commentateur ne dit pas un mot du fujet de votre lettre. Ces myftères font pour lui lettres clofes; croyez qu'il a eu de fort bonnes

bonnes raifons pour n'en point parler.
Vous nous avez appris à tous, tant que
nous fommes, à faire l'analyfe d'une piece
de Mufique ; vous avez trouvé l'art d'exprimer les idées, les fautes, les contre-fens
du Muficien en parodiant les paroles du
Poëte. Vous avez fait un choix exquis de
pieces de comparaifon ; vous avez parlé
des Duo, de l'Ariette, du Récitatif en
homme de goût, qui entend la Mufique &
qui fait réfléchir ; & fuyant également l'air
bêtement fuffifant & la fourbe & maligne
hypocrifie des écrits à la mode, vous avez
eu la difficile modeftie de ne juger que
fur des raifons, & le courage de pronon-
cer avec fermeté. Je me contente d'expo-
fer ces chofes ; peut-être ne feront-elles
louées de perfonne, mais à coup fûr beaucoup de gens en profiteront.

Quant à moi, qui vous dis librement
ce que je penfe à charge & à décharge,
& à qui vos écrits donnent le droit d'être
difficile avec vous, je voudrois premiere-
ment que vous euffiez choifi un autre
texte qu'Omphale ; cette miférable rap-
fodie n'étoit pas digne de vous occuper.
Je voudrois encore que vous euffiez mieux
fait fentir la différence qui caractérife les

B

deux Récitatifs, & la raifon décifive qui affure la fupériorité au Récitatif Italien : fçavoir le rapport plus grand de celui-ci à la déclamation Italienne, que du Récitatif François à la déclamation Françoife. Proprement les François n'ont point de vrai Récitatif ; ce qu'ils appellent ainfi n'eft qu'une efpece de chant mêlé de cris, leurs airs ne font à leur tour qu'une efpece de Récitatif mêlé de chant & de cris, tout cela fe confond, on ne fçait ce que c'eft que tout cela. Je crois pouvoir défier tout homme d'affigner dans la Mufique Françoife aucune différence précife qui diftingue ce qu'ils appellent Récitatif de ce qu'ils appellent air. Car je ne penfe pas que perfonne ofe alléguer la mefure ; la preuve qu'il n'y en a point dans la Mufique Françoife, c'eft qu'il y faut toujours quelqu'un pour marquer la mefure. Combien d'Etrangers ce maudit bâton ne fait-il pas déferter de notre Opera ?

En marquant très-bien la grande fupériorité de l'Ariette Italienne, par la force & la variété des paffions & des tableaux, vous auriez dû, peut-être, relever un ridicule contre-fens qu'on y trouve fouvent, & qui eft la feule chofe que les

Muficiens François en ont fidellement copié. C'eft que les paroles roulant ordinairement fur une comparaifon, dont la première partie de l'Ariette fait le premier membre, & la feconde le fecond, quand le Muficien reprend le rondeau pour finir fur la première partie, il nous offre un fens tout femblable à celui d'un difcours exactement ponctué, qui finiroit par une virgule.

Mais revenons au pauvre Compere qui fe morfond peut-être à écouter, & ne point entendre.

Le Critique vous a donné un avis dont je vous confeille de faire votre profit ; c'eft d'être fobre fur les louanges dans un pays où elles font fi fort à la mode ; déchirer ou encenfer, voilà le partage des ames baffes. Soyez toujours prêt à rendre avec plaifir juftice au mérite, c'en eft affez pour vous, & c'en feroit beaucoup trop pour un homme ordinaire. Je ne vous dirai pas, ne flatez jamais perfonne, fi je vous en croyois capable je ne vous dirois rien : mais je vous dirai de très-bon cœur ; vous méprifez trop les éloges pour qu'il vous foit permis d'en inquiéter les gens dignes de votre eftime. Quant au Critique, on peut croire en lifant fes remarques que fon prétendu détachement des louanges pourroit bien être un tour d'adreffe pour tâcher de donner quelque valeur aux fiennes, c'eſt-à-dire à celles qu'il donne, & l'on y voit du moins très-clairement qu'il n'eſt pas homme à s'en faire faute dans le befoin.

Le compère ne me paroît pas extrêmement content de votre Temple, & comme il ne fçauroit le voir que par dehors, il n'y a pas grand mal à cela; mais le Critique vous y reproche des Groupes finguliers, & je vous avoue que je fuis de fon avis. Je fçais bien que cette fingularité qu'il aura prife pour une maladreffe, eſt un arrangement très-méthodique & l'effet d'un fyſtême raifonné; mais c'eſt le fyſtême propre que je condamne. Vous admirez tous les talens, & c'eſt tant mieux pour eux & pour vous, mais vous les admirez tous également; & voilà ce que je ne puis vous paffer. Vous prétendez qu'ils ont tous la même origine, & que le génie qui les engendre les annoblit également. Mais les génies eux-mêmes, direz-vous qu'ils font tous égaux? Il n'eſt pas tems d'entrer ici dans une longue differtation à ce sujet ; je voudrois au moins vous faire convenir qu'il y a bien des différences dans les parties requifes, dans les difficultés à furmonter, & que le génie étroit qui fait un fort bel *adagio* eft bien loin du puiffant génie qui ofe expliquer l'univers.

J'aime la Mufique peut-être autant que vous, mais je n'en aime pas moins le mot de Philippe qui faifoit honte à fon fils de chanter fi bien ; il ne lui eut pas fait honte d'être auffi fçavant que fon maître. Vous me citerez peut-être un Roy qui joue de la flûte, & je vous répondrai que ce n'eft pas fans peine qu'il s'eft acquis le droit d'en jouer.

Donnez-moi feulement du goût & des organes, je vais danfer comme Dupré, ou chanter comme Jéliote. Joignez au goût, de la fçience & de l'imagination, je ferai un Opera comme Rameau. Pour compofer un Roman paffable, il faut encore une grande connoiffance du cœur humain & des extravagances de l'amour. La Dialectique, & c'eft un talent comme les autres, eft néceffaire avec tout cela pour dialoguer une bonne Tragédie : ce ne fera point encore affez pour faire un livre de Philofophie, fi vous n'avez une

B iij

esprit jufte, élevé, pénétrant & exercé à la méditation. Le bon Général doit être robufte, courageux, prudent, ferme, éloquent, prévoyant & fertile en reffources. Enfin, toutes ces qualités, je dis toutes fans exception, & par deffus toutes encore, une ame grande & fublime, maîtreffe de fes paffions, & une inouïe excellence de vertu; voilà les talens que celui qui gouverne un Peuple eft obligé d'avoir. Les talens ne font donc pas égaux par leur nature? ils le font beaucoup moins encore par leur objet. Tous les autres font bons pour amufer, gâter, ou défoler les hommes. Ce dernier feul eft fait pour les rendre heureux. Cela décide la queftion, ce me femble.

Le critique vous avertit encore de ne point vous montrer partial, & il vous dit cela au fujet de M. Rameau. C'eft un autre avis très-fage dont je le remercie pour vous. Ce fera auffi le fujet du dernier article de ma lettre; car je me fais un vrai plaifir de commenter votre Commentateur.

Je voudrois d'abord tâcher de fixer à peu près l'idée qu'un homme raifonnable & impartial doit avoir des ouvrages de M. Rameau; car je compte pour rien les

clabauderies des cabales pour & contre.
Quant à moi, j'en pourrai mal juger par
défaut de lumieres, mais si la raison ne
se trouve pas dans ce que j'en dirai, l'im-
partialité s'y trouvera sûrement, & ce
sera toujours avoir fait le plus difficile.

Les ouvrages théoriques de M. Rameau
ont ceci de fort singulier, qu'ils ont fait
une grande fortune sans avoir été lûs, &
ils le seront bien moins déformais, depuis
qu'un Philosophe a pris la peine d'écrire
le sommaire de la doctrine de cet Auteur.
Il est bien sûr que cet abrégé anéantira les
originaux, & avec un tel dédommage-
ment on n'aura aucun sujet de les regret-
ter. Ces différens ouvrages ne renferment
rien de neuf ni d'utile que le principe de
la Basse fondamentale * : mais ce n'est pas
peu de chose que d'avoir donné un principe, fût-il même arbitraire, à un art qui
sembloit n'en point avoir, & d'en avoir
tellement facilité les regles, que l'étude
de la composition qui étoit autrefois une
affaire de vingt années, est à présent celle
de quelques mois. Les Musiciens ont saisi
avidement la découverte de M. Rameau

* Ce n'est point par oubli que je ne dis rien ici du
prétendu principe physique de l'harmonie.

B iiij

en affectant de la dédaigner. Les Éleves
se sont multipliés avec une rapidité étonn-
ante ; on n'a vû de tous côtés que petits compositeurs de deux jours, la plû-
part sans talens, qui faisoient les docteurs
aux dépens de leur maître ; & les servi-
ces très-réels, très-grands & très-solides
que M. Rameau a rendus à la Musique ont
en même tems amené cet inconvénient,
que la France s'est trouvée inondée de
mauvaise Musique & de mauvais Musiciens, parce que chacun croyant connoître toutes les finesses de l'art dès qu'il en
a sçu les élémens, tous se sont mêlés de
faire de l'harmonie, avant que l'oreille &
l'expérience leur ayent appris à discerner
la bonne.

A l'égard des Opéra de M. Rameau,
on leur a d'abord cette obligation d'avoir
les premiers élevé le Théâtre de l'Opera
au dessus des Tréteaux du Pont-Neuf. Il a
franchi hardiment le petit cercle de très-
petite Musique autour duquel nos petits
Musiciens tournoient sans cesse depuis la
mort du grand Lulli. De sorte que quand
on seroit assez injuste pour refuser des talens supérieurs à M. Rameau, on ne pourroit au moins disconvenir qu'il ne leur ait
en quelque sorte ouvert la carriere, &

qu'il n'ait mis les Muficiens qui viendront après lui à portée de déployer impunément les leurs ; ce qui affurément n'étoit pas une entreprife aifée. Il a fenti les épines, fes fucceffeurs cueilleront les rofes.

On l'accufe affez légerement, ce me femble, de n'avoir travaillé que fur de mauvaifes paroles ; d'ailleurs pourquoi ce reproche eût le fens commun, il faudroit montrer qu'il a été à portée d'en choifir de bonnes. Aimeroit-on mieux qu'il n'eût rien fait du tout ? Un reproche plus jufte eft de n'avoir pas toujours entendu celles dont il s'eft chargé, d'avoir fouvent mal faifi les idées du Poëte, ou de n'en avoir pas fubftitué de plus convenables, & d'avoir fait beaucoup de contrefens. Ce n'eft pas fa faute s'il a travaillé fur de mauvaifes paroles, mais on peut douter s'il en eût fait valoir de meilleures. Il eft certainement du côté de l'efprit & de l'intelligence fort au deffous de Lulli, quoiqu'il lui foit prefque toujours fupérieur du côté de l'expreffion. M. Rameau n'eût pas plus fait le monologue de Roland * que Lulli celui de Dardanus.

Il faut reconnoître dans M. Rameau un

* Acte 4. Scene 2.

B iiij

très-grand talent, beaucoup de feu, une
tête bien sonnante, une grande connois-
sance des renversemens harmoniques & de
toutes les choses d'effet ; beaucoup d'art
pour s'approprier, dénaturer, orner,
embellir les idées d'autrui, & retourner
les siennes ; assez peu de facilité pour en in-
venter de nouvelles ; plus d'habileté que
de fécondité, plus de sçavoir que de génie : ou du moins un génie étouffé par trop
de sçavoir ; mais toujours de la force & de
l'élégance, & très-souvent du beau chant.

Son récitatif est moins naturel, mais
beaucoup plus varié que celui de Lulli ;
admirable dans un petit nombre de scènes,
mauvais presque par-tout ailleurs, ce qui
est peut-être autant la faute du genre que la
sienne, car c'est souvent pour avoir trop
voulu s'asservir à la déclamation, qu'il a
rendu son chant baroque & ses transitions
dures. S'il eût eu la force d'imaginer le
vrai récitatif & de le faire passer chez cette
troupe moutonniere, je crois qu'il y eût
pu exceller.

Il est le premier qui ait fait des sympho-
nies & des accompagnemens travaillés,
& il en a abusé. L'Orchestre de l'Opera
ressembloit avant lui à une troupe de

Quinze-Vingts attaqués de paralyſie. Il les
a un peu dégourdis. Ils aſſurent qu'ils ont
actuellement de l'exécution ; mais je dis,
moi, que ces gens-là n'auront jamais ni
goût ni ame. Ce n'eſt encore rien d'être
enſemble, de joüer fort ou doux, & de
bien ſuivre un Acteur. Renforcer, adou-
cir, appuyer, dérober des ſons, ſelon
que le bon goût ou l'expreſſion l'exigent,
prendre l'eſprit d'un accompagnement,
faire valoir & ſoutenir des voix, c'eſt l'art
de tous les Orcheſtres du monde excepté
celui de notre Opera.

Je dis que M. Rameau a abuſé de cet
Orcheſtre tel quel. Il a rendu ſes accompagnemens ſi confus, ſi chargés, ſi fré-
quens, que la tête a peine à tenir au
tintamarre continuel des divers inſtru-
mens, pendant l'exécution de ſes Opera
qu'on auroit tant de plaiſir à entendre,
s'ils étourdiſſoient un peu moins les oreilles. Cela fait que l'Orcheſtre, à force
d'être ſans ceſſe en jeu, ne ſaiſit, ne frap-
pe jamais, & manque preſque toujours
ſon effet. Il faut qu'après une ſcene de récitatif, un coup d'archet inattendu ré-
veille le ſpectateur le plus diſtrait, & le
force d'être attentif aux images que l'Au-

teur va lui préfenter, ou de fe prêter aux fentimens qu'il veut exciter en lui. Voilà ce qu'un Orcheftre ne fera point quand il ne ceffe de racler.

Une autre raifon plus forte contre les accompagnemens trop travaillés, c'eft qu'ils font tout le contraire de ce qu'ils devroient faire. Au lieu de fixer plus agréablement l'attention du fpectateur, ils la détruifent en la partageant. Avant qu'on me perfuade que c'eft une belle chofe que trois ou quatre deffeins entaffés l'un fur l'autre par trois ou quatre efpeces d'inftrumens, il faudra qu'on me prouve que trois ou quatre actions font néceffaires dans une Comedie. Toutes ces belles fineffes de l'art, ces imitations, ces doubles deffeins, ces baffes contraintes, ces contrefugues, ne font que des monftres difformes, des monumens du mauvais goût, qu'il faut releguer dans les Cloîtres comme dans leur dernier afyle.

Pour revenir à M. Rameau, & finir cette digreffion, je penfe que perfonne n'a mieux que lui faifi l'efprit des détails, perfonne n'a mieux fçu l'art des contraftes; mais en même tems perfonne n'a moins fçu donner à fes Opera cette unité fi fça-

vante & fi défirée, & il eft peut-être le
feul au monde qui n'ait pu venir à bout
de faire un bon ouvrage de plufieurs beaux
morceaux fort bien arrangés.

Et ungues
Exprimet, & molles imitabitur ære capillos.
Infelix operis fumma, quia ponere totum
Nefciet.

Voilà, Monfieur, ce que je penfe des
ouvrages du célebre M. Rameau, au quel
il faudroit que la Nation rendît bien des
honneurs pour lui accorder ce qu'elle lui
doit. Je fçais fort bien que ce jugement ne
contentera ni fes partifans ni fes ennemis;
auffi n'ai-je voulu que le rendre équitable,
& je vous le propofe, non comme la régle du vôtre, mais comme un exemple
de la fincérité avec laquelle il convient
qu'un honnête homme parle des grands
talens qu'il admire, & qu'il ne croit pas
fans défaut.

J'approuve votre goût pour tout ce
qui porte l'empreinte du génie; mais fi
vous en croyez l'avis d'un homme fincére
& qui a quelque expérience; pour l'honneur des arts & la pureté de vos plaifirs,
tenéz-vous-en à l'admiration des ouvrages

& ne désirez jamais d'en connoître les Auteurs. Vous vivrez dans des sociétés où vous ne trouverez que cabales & enthousiastes, & dont tous les membres sçavent déja très-décidement s'ils trouveront bons ou mauvais des ouvrages qui sont encore à faire : garantissez-vous de tout ce vil fanatisme comme d'un vice fatal au jugement & capable même de souiller le cœur à la longue. Que votre esprit reste toujours aussi libre que votre ame ; souvenez-vous des justes railleries de Platon sur cet Acteur que les vers d'un seul Poëte mettoient hors de lui, & qui n'étoit que glace à la lecture de tous les autres ; & sçachez qu'il n'y a point d'homme au monde, quelque génie qu'il puisse avoir, qui soit en droit d'asservir votre raison ; pas même M. de Voltaire, le maître dans l'art d'écrire de tous les hommes vivans. En un mot ; je veux vous voir parcourant la Henriade, quand le cœur vous palpitera & que vous vous sentirez touché, transporté d'admiration, oser vous écrier en versant des larmes. Non, grand homme, vous n'êtes point encore le rival d'Homére.

Pardonnez - moi, Monsieur, un zéle peut-être indiscret, mais dicté par l'estime que ceux de vos écrits que j'ai vus m'ont inspiré pour vous. Le Public les a jugés & applaudis , & y a reconnu avec plaisir l'homme d'esprit & de goût ; quant à moi j'ai cru , avec beaucoup plus de plaisir encore , y reconnoître le vrai Philosophe & l'ami des hommes. Continuez donc d'aimer & de cultiver des talens qui vous sont chers & dont vous faites un bon usage. Mais n'oubliez pas pourtant de jetter de tems en tems sur tout cela le coup d'œil du sage , & de rire quelquefois de tous ces jeux d'enfans.

Je suis , &c.

F I N.

INV

V

www.ingramcontent.com/pod-product-compliance
Lightning Source LLC
Chambersburg PA
CBHW060859180626
46818CB00004B/1770